猫の回覧板

髙科 幸子
Yukiko Takashina

文芸社

目次

猫の回覧板

（猫横丁・４班・またたび組）

「合同集会のお知らせ」

本日、お日柄もよろしゅう、みなさまご機嫌うるわしく、けっこうなことです。夕刻、町はずれの神社跡にて、1班・にぼし組、2班・みるく組、3班・ひらき組、４班・またたび組、５班・あたりめ組、計5班の合同集会が開かれます。

議題1　星祭り、幹事のお知らせ

幹事は４班のトラ猫さんに決まりました。
副幹事は、集会のときに多数決で決めたいと思いますので、みなさまに、肉球をあげていただいて、採決をとりたいと思います。

会計係は、2班のミケタさん。

伝達係は、候補として、1班のぶち丸さんと、こくてんさん（新しく来られた方です。眼のあたりにパンチ跡のような黒い丸、「こくてんと呼んでください」とのこと）。

議題2　ほおずき市に出す山車について

こどもみこし、作ります。

今年はたくさん仔猫が生まれましたので、みんなでお祝いし、こどもみこしをはりきってかつぎましょう。

猫童館にて、飾りつけのぽんぽん作ります。

当番ではない方も、ぜひお手伝いください。

お礼にまたたび差し上げます。

議題3　祭りの催しものについて

ささて、今出ている案は、

。ねこじゃらし取り大会（参加は仔猫のみ）

よくしなり、しおれなくて、弾力性に富む、じゃれて遊べる、じょうぶなねこじゃらしを探しましょう。

。招き猫の金魚すくい（手は、正しく招き猫手ですくってください）

大人猫たちは、迷子が出ないように、気をつけてあげてください。

。猫又のお面屋台

。トラ猫さんが作る「絶品あたりめの鰹節まぶし焼き」屋台

。齢100歳ねこおばばさまの薬膳茶の正しい作り方教室

。白猫さんの「にぼしのかりんとうミルクがけ」屋台

などなど。

他にもなにか案があれば、４班・班長までお知らせください。

夕顔が開き、白い花灯りをともすころ、みなさま、ご近所お誘い合わせの上、お越しください。

まるい月が広場のてっぺんにのぼるころ、集会が始まります。

それまでは、親睦をふかめる食事会をしたいと思います。

大人猫さんたちは、またたび酒にとれたての河魚、子供猫さんたちは、ミルクとにぼし飴。

みんなで楽しくにゃごにゃごしましょう。

（重要なお知らせ）

とらのやんちゃ猫あずかっています。

当方、噛み跡ひっかき傷だらけのぼろぼろ状態です。

お心当たりの方は、至急ご連絡ください。

なにとぞ。


ある朝のこと。

わたしは庭で空を眺めながら、心の中で物語を組み立てて、ある世界について考えていた。

先ほど前を通っていった黒い猫が、通りがけにこちらを振り向き、

「にゃぁ」

と、挨拶していったのだ。

周りに誰もいなくて、それを聞いたのはわたしだけだった。

それはまるでわたしに、

「はい、ちょっと、前を通るよ」

と言っているみたいだった。

挨拶をしていったのだ。

絶対にそうに違いない。

そして、それは、初めてのことだった。

『なんて不思議なこと。今の猫、ちゃんとわたしのほうを見て、挨拶していった。まるで人の世界がきちんとわかっているみたいだった。そうだ。きっとそうに違いない。猫には猫の考えがあるのだ。ちゃんとお互いにコミュニケーションを取っていて、自分たちの世界があるのだ』

彼らは、実は人間のことをとてもよくわかっていて、言葉も理解できていて、いつも、人間が話すことを聞いている。

「まあ奥様、お聞きになられました？　あそこの魚屋さん、しょっちゅう魚を猫に持っていかれてしまうんですって。ですからね、今度、またたびをしかけておいて、捕まえようってお話」

「まあ、そうですの？　このあいだ、猫を捕る屋の人がやってきていましたっけ。捕まえたら、猫屋にでも売るのかしら？」

「まあ、怖いこと。間違えてまたたび食べないように、子供にちゃんと言っておかないと。だって、ほら、いかにもおいしそうにあんな器に入れて『どうぞお食べください』と言わんばかりに置いてありますもの。子供なんて、おやつと間違えて、食べてしまいそうですわ」


ふむふむふむと、それを聞いている猫。

知らんぷりしているようでも、耳だけは、ピンと立てて、こちらのほうをうかがっている。

ちゃんと理解して、聞いているのだ。

しばらくすると、さりげなくすっと立ち、猫の集まる場所に知らせに行く伝達係の猫。

人間の大人は、自分たちの会話を聞かれていることなんて、少しも知らない。


ほんとうはとてもよく知っている猫たち。

そして、連絡網なんかもきちんとあって、自分たちが暮らしやすくなるために、危ないことはすぐに仲間内で知らせ合い、よいことやよいご飯のありかも、すぐに伝達する。

たぶん、わたしたちの知らないところで、回覧板を回したり、集会を開いたりしているのだと思う。

たとえば、

「角の魚屋さんの店先に、またたびあり。

あれは、猫捕りのため、しかけられたもの。

食べてはいけません。しびれます。

みな、気をつけるように」

「黄花横丁に、最近、黒い大きな犬が出没します。

猫を見ると、いじわるするので、

見かけたら、たとえ遠くでも一目散に逃げること」

「町はずれの、よねさん家、縁側にあるにぼしご飯。あれは食べてもよいのです。

とてもやさしい彼女は、おなかをすかせた猫たちに、毎朝、ご飯を作って待っています。

行くとミルクももらえます。頭をなでてくれます。きちんと『にゃご』と挨拶しましょう」

危ないところには近寄らないように、おいしいご飯のある安全な場所も、ちゃんと伝え合う。

そんなふうに助け合って生活しているに違いない。

あの肉球の手で、みんなに伝達して回るのだ、きっと。


わたしは机からノートを取り出し、猫の回覧板を書いていた。

これを、どこか自分の家の近くに置いて、最後に、

「ゆきちゃん家の軒下にて集合」

なんて書きでもしたら、それを見た猫たちが、

「ふむふむ、にゃーご。今度の集会は、ゆきちゃん家だな」

と、誘い合うのだ。


『わたしの家の庭に集まって、会合を開いてくれるかもしれない』


そう思って、回覧板作りに取りかかったのだった。

『このあと、なんて書こう、どうしようかなあ、またたびとかにぼしとか書いた

ら、それにつられて来てくれないかしら？』

そう言えば、あの黒い猫、ひげがピンッと跳ねあがり、まるで時代劇に出てくるみたいな古めかしい感じだった。

それがきどって、「にゃぁ」と通っていったのだ。

『「せっしゃ」と書いたほうがいいかしら？　それとも、「ゆきちゃんの家の庭で集会を開くでござる」かな？　うーん、うーん、へんかなあ』

首をかしげながら悩んでいた。

でもなんだかあまりよい考えが浮かばない。

なぜなら、昨日遅くまで、隠れてこっそり本を読んでいたものだから、寝不足で頭がよく働かないのだ。

ああでもない、こうでもないと、いろいろ考えながら、だんだんぼうっとしてきたところに、母の声がした。

「ゆきちゃん、しま猫さんの家に回覧板を持っていってくれる？　お母さん、忙しいの」

　と、台所から。

『えー、やだなー。ほんとうは、わたしだって回覧板作りに忙しいのにな。それに、めんどうだもの』

　と、思ったけれど、

「はあい」

　と返事をした。

　叱られると、もっとめんどうだもの。

　回覧板作りのノートを台の上に置くと、すっと立ち、台所へ行った。

　母の差し出す回覧板を受け取ろうと、手を伸ばすと、

「あ‼」

自分の手が猫の手になっている。

『わたしの手、猫の手になってる。うわぁぁ、おもしろいの。わたし、猫なんだ』

母から回覧板を渡され、受け取ろうとするのだけれど、

『うーん、持ちにくいなあ。猫の手って』

母は、普通の人間で、白いエプロンをつけて、にこにこしている。

わたしが「ええー」と言わずにすぐに返事をしたので、機嫌がいい。

『でも、わたしが猫でもいいのね。なんでもないことなのね』

と思った。

「にゃあ」

と、ひと声鳴いて回覧板を出しに行くことになった。

持ちにくい猫の手で、なんとか回覧板を抱えるように持つと、ぷにぷにの肉球で苦心してノブを回し、ドアを開け、そのまま外へ出た。

一歩出ると、なんだかいつもと少し違っていた。

家も道も木の配置も全部同じなのだけれど、どこか違う。

向かいに住んでいる友達のお父さんが、丸いメガネをかけて、新聞を広げて、見ている。

「うーん、にぼしの舟が転覆。これは大変だ。ふむ、こちらはなんて書いてあるのかな。今の世界情勢は」

とかなんとか言ったりして、真剣な顔で読んでいる。

友達のお父さんは、猫ではなくて、犬だった。

片耳が茶色くなっていて、全体は薄いベージュ色だ。

乳母車を押して赤ちゃんをあやしている近所のお母さんはふっくらめの人間で、中に乗っている赤ちゃんは三つ子の黒猫だ。

「みゅーみゅー」

中でかわいく鳴いている。

その近くで「ちゅんちゅん」と、スズメがおしゃべりしている。

なにを言っているのかわからないが、話している相手の猫には、ちゃんと通じているみたいだった。

よく見ると、スズメは小さな細いシマのネクタイをしている。

『これからお仕事なのかしら』

と思いながら先を急いだ。

あたりを見ると、犬も小鳥もいるけれど、一番多いのは猫だった。

『ほぼ猫、の町なんだな、ふふっ』

と、にっこりした。

わたしは、

「ぴょいぴょいぴょーい」

と、肉球の足で弾むように歩いた。

なんだか楽しい。

足の裏が、やわらかいゴムのような肉球になっているので、弾むため、通常よりも速く歩ける。

しま猫さんの家までは少し離れていて、田んぼの中を行くのが近道だ。

道々近所の人たちに挨拶をする。

この世界はいつのまにか、人と猫と犬と鳥の混在する世界になっていた。

『おもしろいの』

自分の猫の手は、かわいくて、

『ふふっ、けっこう気に入ったし』

と、わたしは機嫌よく回覧板を持って、スキップしながら歩いた。

弾みながら歩いていると、横側から、

「カサッ」

見ると、草むらが揺れている。

少し盛り上がった土のところの内側が、むくっむくっと動いている。中からなにかが出てこようとしているみたいだった。

わたしは動きを止めて、見つめた。

盛り上がった土がぽそっと落ちて、中から、くんくんと鼻を鳴らしながら出てきた。そして顔。

モグラだ。

モグラは、退化した目であたりを見回すようにして、誰もいないことを確かめると、

「よいしょ」

と声に出しながら、手でうんっと支え、出てきた。

わたしは、電信柱に隠れていて、モグラからは見えない位置にいる。

モグラは外に出ると、その背中に手をやり、ジジジと音を立てて、ジッパーを

外し、頭の帽子を取った。肩、腕、体、そして足。

人間だ。

小さな小さな人だ。

草で編んだような緑色の服とズボンを着ていて、靴は葉を丸めて、細いツルで縛ってある。


その子は着ぐるみを全部脱ぐと、近くの丸い石に座った。

そして空を見上げて、すうっと吸って、ふうっと息をはいた。

「ふぅ。やっぱり外は気持ちがいいなあ。土の中の家なんていやだなあ。もうっ、いったい誰が考えたのかしら。見つかってはいけないルールなんて。なにかがいるときは出てはいけないって。草や植木鉢の陰や、土の中の穴の家にそっといなければいけないなんて。ふぅ。でも仕方ないかな。だって僕たちこんなに小さいんだもん。見つかったら食べられちゃうよね」

ぶつぶつそう言うと、すぐそばにある草が含んでいる水を飲んで、その草に生っている小さな紅い実をもいだ。小さな実なのだけれど、その子が持つとリンゴくらいの大きさになった。

「あった、あった。これ、おいしいんだよね。ぼく、大好きさ。持って帰って、みんなで食べようっと。きっと喜ぶもの。でも、怒られるかしら。『急にいなくなってはいけません。まあ！　外に行ったのね！　もし、見つかったらどうします』って言われるかしら。でもいいや。来てしまえば、こっちのものだもの」

ふっと息を吹き、肩をすくめて、草の実を見つめると、実を汚さないよう、つぶさないよう、そうっと石の上に置いた。

やがて、一息ついて、また、着ぐるみを着はじめた。そして、またもとのモグラのぬいぐるみの格好になると、先ほどの実を持ってすっくと立って、かさかさと草の中に消えていった。

家に帰るのだ。

おいしいお土産を持って、ほくほくしながら。

後ろ姿がうれしそうだった。

わたしは、その様子をじっと見ていた。

『よかった。気がつかれなくって』

わたしは、そういうのがけっこう得意だった。

『自分は草です。自分は草です』

と、草の中にかがんで、じっとしていると、まるで草の一部のようになる。野鳥がすぐ近くまでやってきたときも、木のすぐ後ろで、身動きしないで立って、

『自分は木だ。自分は木だ』

そう思っている。

なにかの一部になれば、安心して近づいてくれるのだ。

そういうのが得意だった。

わたしは、うれしくて仕方がなかった。

だって、小さなころに読んだ本の中に出てくる小人にそっくりだったのだ。

彼らは「人に見つかってはいけない」と言い聞かされている。

だって、捕まえられてしまうから。

あるいは、動物に食べられてしまうから。

見つかってはいけないルールがあるのだ。

だからめったに見ることはできない。

でも草むらを見るたびに、

『いつか会いたいな』

ずっと思っていた。


『やっと会えた。やっぱり、ほんとうにいたんだ』

そのことがわかり、うれしくて、にっこりして、先を急いだ。

少し歩いていくと、

「うふふ、楽しそうね」

どこからともなく声が聞こえてきた。

きょろきょろと見回すと、

「こちら、こちら」

頭の上のほうから聞こえる。

見ると白い朝顔だった。

家の前につたを這わせるために、緑の網のようなのがかけてあって、そこに沿って、するするとからめ伸び、花を咲かせている。

わたしの母も、夏になるといつも、朝顔を育てる。

母はいつも美しく咲かせ、色水を作って遊ばせてくれたり、種ができると取っておく。来年のために。

朝顔は花の部分をこちらに向けて、揺れている。

中をよう見ると、花弁の中に、顔のような模様が浮き出ている。

それがやさしく微笑んでいる。


「どこへ行くの？」

「しま猫さんのところ。回覧板持っていくの、ほら」

と見せると、

「ああ、夏祭りのころだものね。気をつけてね。ゆきちゃん、よく転ぶもの」

「あ、見てたの」

「見てた。いつも空ばかり見て歩いているからよ。ふふふ。足元もちゃんと見なきゃだめよ。危ないでしょ」

ふふっと笑って、顔は消え、もとの朝顔になった。

『うん、わかった。そうするね。それに足元にもなにか変わったものが落ちてるかもしれないもの』

わたしは心で言うと、歩きはじめた。

だけど、花も、こんなふうに笑うのだ。

木もなにもかもそう。

きっと。

前のほうに、竹やぶが見えてきた。
その手前に看板が立っている。
「魔法の猫の手・**おなおし**」
竹やぶの斜め前の道の角に、猫服のおなおしの店があるのだ。
わたしは、ときどき母に連れられて、そこへ行く。
母の服の裾詰めや、丈の直し。ときどき、デザインのアドバイスもくれる。
わたしはこのお店が大好きだった。
先生は、母よりも少し年上のゆったりとしたやわらかい笑顔の、白猫さんで、
いつもきれいなロングのドレスを着ている。
そして母にだけではなく、子供のわたしにも、やさしく話しかけてくれるのだ。
母には「だめ」と言われるようなことにも、ここの先生はいつも、
「きっとできます。がんばってね」

と言ってくれるので、とてもうれしい気持ちになるのだ。

『ほんとうにそのうちに、できる』

そう思えてくるのだった。

だから、がんばろうと思うのだった。

母に言わないことも、先生には話したりすることもあった。

他の従業員の方たちも、みな、やさしい人たちばかりで、大好きなお店なのだった。


中をのぞくと奥のスペースに、先生と他の方たちの後ろ姿が見えた。みんな、楽しそうに話しているみたいだった。

『なにをお話ししているのかな』

聞こえないけれど、きっと楽しいことに違いない。

昼ごろは、みんなでお弁当を食べていたりする。

『かつおぶしまぶしのおにぎりかな？　にぼしのご飯かも』

そう思いながら、お店を横目で見つつ通り過ぎることがある。

今度また、連れてきてもらうのが楽しみだ。

そう思って、にっこりとして先へ進む。


草原を通り抜け、黄色の花の咲く道を、肉球スキップをしながら、とっことっこ進んでいくと、畑で収穫しているトラ猫さんがいた。

「ふぅ、やれやれこんなところも食い荒らされておる。でも、おなかがすいたんだろうな。まあいいか」

首からかけたタオルで汗を拭きながら、ねこまんまに入れる麦の収穫をしていた。

たくさん刈り取られて、あぜ道に積んであった。

あれがみんなの食卓に行くのだ。

おいしくてあたたかい、ねこまんまになって。

『食べたいな』

って思った。

その少し先の道で、小さな猫たちが、白や青の花で首飾りを作って、楽しそうに遊んでいた。

きっとここの家の子たちだ。

わたしはまた、とっことっこと弾みながら進んだ。


ようやく、回覧版の渡し先、しま猫さんの家に着いた。

しま猫さんは、しまのシャツを着て、庭でまたたびの花の手入れをしていた。

「ふむ、今年はなかなかできがいいぞ。花はティーに、実はジャムにするかな」

ぶつぶつ楽しそうにひとりごとを言っている。

縁側では、生まれたばかりのしまの赤ちゃんが、前足、後ろ足、しっぽ、全部を使って、ねこじゃらしで遊んでいる。


「ごめんください。回覧板です。どうぞ」

わたしが差し出すと、しま猫さんは、
「やあどうも。朝からすまんねぇ。えーと、どれどれ……」
と、読みはじめた。

（猫の回覧板　猫田又八）

本日、お日柄もよろしゅう、みなさま、ご機嫌うるわしゅうことで、けっこうです。

「催しもののお知らせ」

満月の夜、丘の上の黄色の花灯りのもと、猫横丁の集まりがあります。

まずは、

町長さんのご挨拶。

そして、

「新しく来られた方のご紹介」

白ねこさんご一家、越してこられました。生まれたばかりの三つ子の子たちがおられます。

お母さん猫は、てんてこまいまい。

仔猫のおもちゃや、ねこじゃらし、ぽんぽんのついた茎のある場所、教えてあげてください。

中に一人、目のふちにお父さんゆずりの黒い丸の模様のある子がいます。この子はとてもやんちゃで好奇心旺盛な子。誰にでもすぐについていってしまうので、気をつけてあげましょう。

みんなでやさしくお迎えしましょう。

「転居のお知らせ」


たま猫さんご夫婦、隣町に引っ越していかれました。

祭りには、遊びにこられるそうです。

お手伝いもしてくださるとのこと。

また、新居の庭に、ねこじゃらしがたくさん生えているので、束にして、編んで籠にして寄付してくださるそうです。

なお、送別会は夏祭り後に開く予定です。

それから、
祭りの飾りつけ、ねずみぽんぽんの作り方を習います。
出来上がったらみんなで両の手に一つずつつけましょう。
しっぽの先につける鈴もあります。

その他もろもろ開かれます。

小さな子にはねこじゃらしのおもちゃ、
その他、参加猫全員ににぼしがあります。

祭り当日の出店予定。
またたび飴
にぼしのかりんとう
かつおぶし風味の綿あめ
ねこまんまご飯
追いかけると逃げるネジ巻きねずみのしっぽ
チーズのにおいのするねずみ花火
またたびの木で作った、猫お面
ちくわの望遠鏡（手で持つところは、かつおぶしの削り残しでできています。

使ったあと、全部食べられます）等等。

猫横丁のみなさま、ご近所お誘い合わせの上、おこしください。

猫横丁町長　猫田又八

「ご苦労さんだね。ん？　おや、まだ何枚かあるね。夏祭り運営委員会のほうからだね。ミケタブチさん、ああ、そうそう、今年は当番だった、どれどれ」

初夏の候、猫横丁のみなさまには、ますますご健勝のことでよいことです。

本日夕刻、こどもみこしの当番の方は、どちらさまも手を洗い、その手で顔をくるくると洗い、毛づくろいをしたのち、全部清められたら、神社跡のはげた鳥居のもとにお集まりください。

月が、まんまるく山の上に上るころ、みこしが始まります。

生後三ヵ月三つ子の、黒のぶち丸くんと、白てんちゃん、しっぽの先が赤いえびてんくん、が、新しく加わります。

みんなで、にゃごにゃご大きく声かけしましょう。

冷たいミルクシロップあります。声がかれたら飲みましょう。

さて夏祭り本番にむけてがんばりましょう。

当番の方以外でもお手伝いくださる方は歓迎します。お礼にかつおぶし、両の手いっぱいもらえます。

黄花横丁　夏祭り運営委員会　会長　ミケタブチ

「うんうん、最近、小さい子が増えたからね。あちこちで、みーみーかわいい声が聞こえてるね。楽しみだな。ん？　まだあるね、ふむ、なになに、お知らせ、と」


月のはじめ、ねこじゃらし大会を開きます。

よく遊べるよいねこじゃらしを探すこと。

一番には賞品のにぼしが両の手いっぱい、そうでなかった猫さんたちも、小さいにぼしが全員にもらえます。

よくかんで食べましょう。


角横丁のみかん畑、その横の空き家軒下に、さすらいねこさんが休んでおられます。

暗闇に光る緑の眼。

とっても物知りで、旅のお話聞かせてくれます。

みんなで親切にお迎えしましょう。

旅の途中なので、またいなくなるかもしれないけれど。

「迷い猫のお知らせ」

三毛の男の子あずかっています。
生後一ヵ月くらいの男の子、やんちゃで好奇心旺盛な子。
噛み跡、けとばし、ひっかき傷。
そしてとどめの、猫パンチ。
当方、もうボロボロ状態。
お心当たりの方は、大至急ご連絡ください。
なにとぞ！

「おお、これは大変だな。早く名乗り出てもらわないと」

『生後一ヵ月なんて大変だ』

わたしも前、いとこの子守をしたことがあるので、すごくよくわかる。

ひっかく、かみつく、もうやりたい放題。

でも、かわいいんだけどね。

『ふうんそうか、今日の夜はみこしなのだから、まずお清めしないとね』

しま猫さんは、棚の上に置いてあった入れ物からキャンディーを三つほど取って、お駄賃にと、渡してくれた。ミルク味、かつお風味、中ににぼし入りの三つで、とってもおいしそうだ。

「ありがとう」

わたしは、急いで家に帰って、すぐに用意をしようと思った。

「お昼を食べてからでいいのよ。まだこれから朝ご飯なのに」

母は言った。

家に入るといつのまにか浴衣が出されている。大好きな紫陽花の浴衣だ。裾のほうに水が流れていて美しい金魚が泳いでいる。

祖母が縫ってくれたものだ。

わたしの着物は、たいていいつも、祖母が縫ってくれる。

この着物は、とくに好きだった。

着物の中で、絵の金魚が、ぴちぴち跳ねていた。外に飛び出してきそうだった。

『おもしろいなあ。この金魚、捕まえて遊びたいなあ』

と思った。


朝ご飯は、にぼしと野菜のお味噌汁、薄味のかつおぶしご飯、ミルクのデザートだ。

食べてから、宿題をやって、少し外に行き、空き地に着いた。

そこで、生き物を追いかけたり、罠を作ったり、紅や緑の丸い実のついた草とじゃれ合ってから、ねこじゃらしの花束を作って時間をつぶした。

『早く神社に行かないと、ミルクシロップがなくなってしまう。いつも足りなくなるのだもん。一番たくさん飲みたいから早く行こうっと』
わたしの頭の中はミルクシロップとお祭りのにぼしのかりんとうのことでいっぱいだった。なにをしていてもその日は、とんちんかんなことばかりだった
やがてお昼も過ぎ、そうこうしているうちにようやく夕方に近づいてきた。
こどもみこしは一番前のほうは小さい子に譲ってあげるのは「まあいいや」にしても、シロップは、飲む気満々の同年齢のやんちゃな子たちには負けたくない。だけど細身小柄なわたしは、いつも押されて負けてしまうのだ。
『今年こそ』
と思った。

やがてだんだん集合の時間に近づいてきた。

わたしは一番乗りで近くにある「仔猫館」へ出向いた。ここでまず、ねずみぽんぽんをみんなで作るのだ。

一番だと思ったら、先に近くのやんちゃな子、ごんくんが来ていた。

頬の所に、×印のひっかき傷がついている。どこかであばれてできたらしい。

『なあんだ、一番ではなかった』

でもいいや、わたしが一番きれいにぽんぽんを作るのだし、ごほうびの鈴も紅いきれいなのをもらうのだもの。

紅い鈴は巫女さんが少しだけ入れる「当たり鈴」なのだ。早くきれいにできた子から、箱の穴の中に手を入れて一つ取る。

『当たりが出たらすごくうれしいな』

じきにみんなが来て、わいわいがやがや、にゃごにゃごと、鈴の紐通しや、ティッシュで作ったピンクと水色の花形ぽんぽんに色紙を切って作ったねずみの耳を作る作業が始まった。

みんな真剣だ。もちろんわたしが一番真剣。

なにせシロップの多い少ないがかかっているのだから。

できたもの順にシロップが用意されていて、飲んでよいことになっている。

わたしは丁寧にきれいに一所懸命に作った。ふわりとこぼれるような丸いぽんぽんぽんに少し丸めに切った可愛らしい耳をつけて。

先ほどから来ていたいたずらっ子は早く作り上げた。雑だけど。

十人ほどいる中で、わたしは六番目にできたのだった。

多いほうから順に飲まれてしまうのだけど、わたしは六番目に多いのを飲むことができるということなのだ。

わたしは前へ行き、自分の作ったぽんぽんを少し得意気に大人に見せた。

「ほう、きれいにできたね」

ほめてくれた。

用意されているシロップに手をかけようとして、ふと視線に気がついて振り向くと、わたしより小さな子がうらやましそうに見ている。

見るとその子のぽんぽんはまだ半分くらいしかできていなかった。

わたしはシロップを受け取ろうとしていたのをやめて、その子のところへ行った。

「だいじょうぶ?　一緒に作ろうね」

その子はこくんとうなずいた。うれしそうに。

他の小さな子たちも近くへ来たので、みんなのを手伝ってあげた。

ミルクシロップは、

『いいや。この子たちが先に飲めばいいもの』

そう思った。

全部の子が出来上がり、にこにこ顔で見せに行くと、小さな手に一つずつミルクシロップのコップをもらえた。みんなうれしそうだ。

大人が、

「ゆきちゃん、こちらへ」

と言った。

近くに行くと、冷たいシロップを少し大きめのコップについでくれた。

あの一番最初にできた、やんちゃな子のよりも、もっと多く入っている。

「ありがとう」

それは、暑い夏の夕べに冷たく喉を潤し、とてもおいしかった。

鈴は、結局一番最後に取ったので紫色のになった。

紅ではないけれど、でも、静かで凛としていて、

『うん。これもまた美しい』

と、思って見ていると、

「紫は気品のある色だよ」

大人のクロネコさんが、にっこりして言った。

鈴を見ると、それは、気高く美しく輝いていて、紫のわたしの鈴は、とてもすてきだった。


祭りが始まるまでに、まず、両の手で顔をくるくると洗って、お清めをしてから、浴衣に着替えた。ハンカチ、はなかみ、たもとに入れて——。

いろいろと忙しい。

全部終えて、わたしはこどもみこしの集合場所に行った。

前のほうはもちろん小さい子たちだ。

小さいとすぐに疲れたり、飽きてしまったり、ダダをこねたりするので、わたしたち、少し大きい子たちは、そのめんどうも見ながら、なんとか最後まで、わっしょいわっしょい、にゃごにゃごと、暑い中、それでもみんなで楽しく元気に担ぎ上げることができた。

家々を回って、いただいた猫小判を、大人猫たちが人数分に分けてくれ、あとでみんながもらえた。

「わあ！」皆キラキラとうれしそうだ。

やがて夜になった。

大人の目の高さにぶら下がっている、提灯の灯りをたどって、神社に行く。灯りが、ときどき吹く風で、ゆらゆらと揺らめいて、幻想的でとても美しかった。

なにか、不思議なことが起こりそうな、そんな感じがしてくる。
提灯の灯りって大好きだ。
ゆらゆら、目の中の灯りも揺れている。

夜店の灯りも、揺らめいていて、美しかった。
にぼしのかりんとう。
ねこまんま。
追いかけると逃げるネジ巻きねずみのしっぽのおもちゃ。
おいしいものもたくさん出ているけれど、どれも高いし、
「ゆきちゃんは、すぐおなかがいっぱいになって、ご飯を食べなくなるから」
と、普段はおやつはなかなか買ってはもらえないのだけれど……。
でも、にぼしのかりんとうを、母が一本だけ買ってくれた。
わたしは、大切にそれを食べた。
かりかりかり。

『甘くておいしい』

猫のお面、犬のお面、スズメのお面は少し小さい子用だ。

男の子たちに人気の、猫ライダーもある。

夜店には、金魚の髪飾りや、またたびぽんぽんのついた、ぶら下がり式のかんざしもある。

金魚すくいは、上手な招き猫すくいで、取らないといけないのだ。

わたしは、上手に「正しい招き猫すくい」の手で三匹取ることができた。

紅い金魚と、黒い尾のきれいなのと、赤黒白、三色の三匹だ。

透明の袋に入れてもらい、少しエサもつけてくれた。

それを、夜店の灯りにかざしてみると、きらきらと、とても美しかった。

友達が、父猫と来ていて、綿あめを買ってもらっていた。

『いいなあ』

と思いながら、黙って見ていると、

「大きいから、あげるね」

と言って、ちぎって分けてくれた。

甘く甘く口の中でとけて雲みたいで、とてもおいしかった。

夜店の灯りは美しく、でもその上の空の星は、もっときれいで、わたしはお祭りが大好きだった。

店の後ろに広がる草原には、虫が鳴いていた。

「リリリリリ……」

「コロコロ……」

涼しい風が、草を渡ってこちらまで来る。

わたしの浴衣をはためかせ、通り過ぎていく。

金魚の模様が、気持ちよさそうに泳いでいる。

ぴちぴち跳ねて一匹逃げたので、わたしは「正しい招き猫すくいの手」でつかまえて浴衣の模様の中に戻した。

楽しく過ごした夏の祭り。

明日からもまた暑い日がまだしばらくは続くのだ。

でも、今のこのときはひんやりと夜風がここちよく、黄色の花灯りは美しく、とてもいい。


「ゆきちゃん、ゆきちゃん」

母の呼ぶ声で目を覚ました。

どうも物語を組み立てているうちに眠ってしまったらしい。

「ゆきちゃん、回覧板置いてきてくれる?」

母が言った。

「はぁい」

と、そのとき、

「ゆきちゃん」

玄関から、向かいの家の友達さとちゃんの声がした。

彼女は親戚の人の車に乗って出かけるとき、ときどきわたしのことも誘ってくれる。

そして、一緒に遊びに行くのだ。

それはとても楽しかった。

おいしいフルーツのある売り場（そこで試食のパイナップルを食べたとき、暑い夏の日だったのでとてもおいしかったのだ）や、すごく大きな遊び場のあるプール、小さな動物園のようなところのある公園など、いろいろな場所に連れていってくれる。

そのさとちゃんが、

「あのね、児童館で夏祭りのぽんぽん作っているの。一緒に行こ。ほら、こういうのなの」

見ると、薄いピンクのやわらかな紙で作った、花形のぼんぼん。ん？　あれ？　なんか変だ。

「あ、気がついた？　えへへ、なんだか変でしょう。上のところがでっぱっていてね、耳がついているみたいでしょう？　なんかねずみにも見えるよね。一個あげる、はい」

手渡されたそれは、あの、猫町でみんなが作っていた、ねずみぽんぽんにそっくりだった。

ふふ、かわいいの。

わたしはにっこりした。

「わたし、忘れ物してしまったから、またあとから来るね」

そう言うと、さとちゃんは用を済ませに行ってしまった。

彼女は、わたしがこちらに引っ越してきて一番最初にできた友達だ。そのときからずっと、仲良くしている。


わたしは、手の中の、ぽんぽんを見た。

「まるい、ぷくぷくのねずみみたい」

『なにが書いてあるのかな?』

ふと手にした回覧板を見てみると……。

朝夕の風に少しずつ秋を感じるようになりました今日このごろ。みなさまますますご健勝のことでよいことです。

さて夏祭りについて運営委員会からのお知らせです。

先日行われました夏祭りですが、お手伝いいただいた当番のみなさま、そして子ども会からのみなさまのおかげで、無事とりおこなうことができましたことをご報告申し上げます。

児童館でのシロップ入りミルクは毎年少し足りなくなりますため、今年は少し多く十分にいきわたるように配慮いたしました。

鈴のおかげで今年は迷子もなく、無事に終えることができました。

また、最後まで片付けに残ってくださった横丁内の方々にはとても感謝しております。
ありがとうございました。
朝夕涼しくなりましたものの、まだしばらくは暑さが続くようですので、健康にはお気を付けください。

**忘れ物のお知らせ
ネジ巻きねずみのしっぽのおもちゃの忘れ物があります。
しっぽの先に噛み跡、たぶん歯が生えはじめたばかりの、小さい子のものと思われます。
お心当たりの方は町長か運営委員会のほうまでご連絡ください。

黄花猫横丁　町長　横田又八
運営委員会　会長　三宅ふち太

その家

久しぶりに、幼いころ過ごした土地に行ってみようと思った。

今はもう亡き父と母、祖母。そして、弟とわたしの五人で過ごした、あの家。

「みんな、なくなっていたの。小さなころ、暮らしたでしょう。庭のある、あの古く大きな家。隣の人は確か、小説を書いていらしたわ。向かいの、一面つつじの花の庭の、あの大きな家もなかった。いつもピアノの曲が聞こえていた、けいこちゃんの家も、その近くの、紅い鳥居のある神社も、古い造りの、変わったものがいろいろ置いてあった歯医者さんも。ほら、よく連れて行ってあげたでしょう、あの鳩時計のあったところ。ゆきちゃん大好きだったわね。それに、角のところにある駄菓子屋さん。小さなくじや、ぽんぽんはぜたお菓子のある、あそこも。なにもかも、みんななくなっていたの」

数年前、今はもう亡き母が、突然、電話をかけてきた。

そのときはただ、黙って電話口の向こうの母の声を聞いていただけだった。ぼんやりと。

でも、頭の中に浮かんできたのは、遠い昔の、セピア色がかったあの景色。

隣の家との境目の塀は壊れていて、そこからするりと侵入し、探検することができた。それは、隣の家からそのまた隣へと、どこまでも続く無限の遊び場だった。

霧の日には、なにか不思議なことが起こりそうな、白いもやに煙った紅い鳥居のある場所。

手つかずの空き地や、胸くらいまで草の生えた原っぱは、小さな子の目には永遠に続く草の原に見えた。

近所の子たちや、そのときそこにいる知らない誰かと、あるいは一人ででも、そんな景色の中で、悠々と遊びや物思いにふけっていた。

どこまでもどこまでも続いた、あの時間。

ずっとそうしていられると思っていた、あのころ。

なくなったなんて、どうしても思えなくて、
『きっとどこかにあるはずだ。そうに違いない』
ぼんやりと、そう思っていた。
受話器から聞こえる母の声が、はるか遠くに感じられた。

片付けなければならない日々の用事や、その他の様々なことは、片隅に置いておいて、洗いたての綿の服と白いコットンパンツに着替えた。
財布、つる草と野の花模様のハンカチを二枚、ティッシュ、文庫本等、小さなバッグに入れ、家を出た。

近くの駅から、古い型の列車に乗る。
真ん中あたりの席に座り、バッグを膝に置く。
中から文庫本を取り出し、読みかけのしおりのところを開き、文字を追う。
でも、なんとなく集中できなくて、本を閉じ、バッグにしまった。

ふと小さくため息をつき、窓の外を見る。

列車の線路は小高い丘のようなところにあり、ずっと向こうのほうまで見渡すことができた。

遠く、遠く。

視線を空と地の境目あたりくらいまで移動させると、小さな山が連なっていて、空から、グレーに透ける光の帯のようなものが降りてきているのが見えた。

最初、帯は細かったのに、だんだんと大きな範囲を覆うように広がっていった。

『ああ、あのあたりは雨が降っているのだ。あんなふうに広がっている。通り雨だ。ここそんなに離れているわけでもないのに、まったく違った天気なのだ』

と、少し不思議に思いながら、見つめている。

あの下にいる人たちは、慌てているかしら。

頭をなにかで覆いながら、雨に負けまいと、走っているかしら。

「通り雨ってね、すごく速いの。向こうのほうから、ザーッと、走ってやってくるの。濡れまいと、どんなに急いでも、すぐに追いつかれてしまうの」

幼いころ、母がそう話していたことがある。

「あるときにね、向こうのほうから通り雨がやってきたものだから、負けまいと、こちらも走ったのだけれど、すぐに追いつき追い越され、友達と二人で、ずぶ濡れになってしまったの」

『ふうん』

と、その話を頭の中で映像のように思い浮かべながら、聞いていたわたし。

『自分も一緒に競走してみたかったな』

子供だった母と一緒に、雨と。

でも残念なことに、まだ一度もそういう「走る雨、通り雨」にあったことがない。子供だった母にも。


だから、こんなふうに遠くの山の上で、雨が降っているのを見たりすると、

『あのあたりの人たちは、どんなふうかしら？　雨と競走しているかしら？　雨

の通っていくのを見ているのかしら?』

そんなふうに思うのだった。


山のすぐ手前は晴れ。

雨が覆っているのはあそこだけ。

広い広い景色の一角、その空間にだけ降っているのだ。


やがて目的の駅に着いた。

しばらく来ない間に、ずいぶんと駅の周辺は変わっていた。

以前来たときは、もっとだだっ広い見晴らしのよい場所に、ただぽつんと駅があって、少しだけ高い建物もある——そんなふうだったのだけれど。

知らない間に、ビルが建ち並び、ねじれたような少し奇妙な形の建物もある。

それらを見ながらしばらく歩いて行くと、真新しいバスターミナルに着いた。

三階建てになっていて、二階は百貨店に隣接していて、連絡通路がある。

便利になっている。

それを横目で見ながら、目指す停車場へ向かった。

右手の入り口から、絶えずバスが入ってくる。

出口からは次から次へと排出される。人を乗せて。

入り口にある路線図で行きたい駅名を探し、確かめ、バス停に向かう。

「えっと、21、22、23番、あった、野丸行き」

これに乗り、三十分ほどすれば、幼いころ過ごした家の近くにある駅に着くのだ。

平日の昼間、この時間帯に、「もとわたしの家方面」へのバスに乗る人は少ない。

だから、本数もあまりない。

しばらく待っていると、ようやく向こうのほうからバスが来て、すーっと静かにカーブしながら、目の前に停車した。

こんな大きなバスなのに、わたしと、他の二、三人を乗せただけなものだから、
空席だらけだった。
なんだかもったいない気がする。
「発車します」
運転手の声とともに、
「ガタン」
と、ドアが閉まり、走り出した。
くるーりと大きく回りながら、ターミナルを出て、バスは広い道路へ。
わたしは窓の外の少し遠くに目を移した。
ビル、ビル、ビル。
その向こうのほうの、青い空、白い雲。
道路沿いに植えてある、細い街路樹。
元気がなさそうだ。
道路のわきに植えてある街路樹は、なぜかみんな、どこのもそうだけれど、元

気がない。

もっと広い草原にあれば、生き生きと伸びられるだろうに。


一つずつ停留所に停まり、乗客が降りていく。

だんだん、もといた家に近づく景色になっていった。

細い道路を曲がったところにある途中の停留所で、ふと気がつくとわたしの他には誰もいなくなっていた。

『平日のこんな時間帯に、数人とはいえ、乗客たちはみんな、どんな用があるというのだろう。家に帰ったのだろうか』

やがて、

「次は〜、◯◯運河〜」

自動案内の声に、ふと我に返り、急いで降車ボタンを押す。

『そういえば、小さなころは車掌さんが乗っていた気がする。確か、ハサミのような器具で、パシンと切符を切ってくれたのではなかったかしら？　でもそれは母か祖母から聞いた話だったかも？　それともわたしが体験したことだったかしら？』

今は、切符は人がハサミを入れるのではなく、機械に入れるのだ。乗るときも降りるときも。車掌に渡すのではなくて——。

「〇〇運河、停車します」

運転手の声に考えを中断して、席を立つ。

やがて停留所に着き、ドアが開く。

「バタン」

わたし一人を降ろすと、バスはそのまま走っていった。

運河のにおい。
水を含んだ風が川から吹いてきて、髪にふわりとまとわりついて、そのまま吹き抜けていった。

運河には、組まれて紐で縛ってある材木が、何本も川に浮かんでいる。
チャプン、チャプンと音を立てて。
小さなころの、いつも見ていた景色だ。
水の音、川からの風、木のにおい。
いつも、てくてく歩いて見に来ていた。

停留所は、運河の橋のすぐ横にある。
わたしは、川の流れを少し見て、道路を渡り、歩いていく。

そういえばあのころ、ここの材木屋の人はドーベルマンを飼っていた。ここを通るたび、道路の反対側からでも、あの黒く大きく引き締まった体の犬のことを、

『いやだなあ。怖いなあ』

と、いつも思っていた。


ある日、ぱちっと目が合ってしまったことがある。

すごく怖かった。

黒い体を低くし、目が据わって、声こそ車の音で聞こえなかったけれど、でもまるで、

「ウゥゥウ」

と、低い地響きのようなうなり声が聞こえてくるようだった。

すごみのある格好で、こちらのほうにゆっくりと向かってこようとしている。

わたしはまるで射すくめられた小さな動物みたいだった。

道路の向こう側なので距離はあったのだけれど、でも、走ればすぐに追いつか

れてしまうだろう。

恐怖で動きづらくなった足を、ぐぐぐっと無理に向きを変え、後ろ向きになり、できるだけ早く、でも刺激しないように、なるべく静かに離れる。

『追いかけてきたらどうしよう』

ひやひやしながら、遠ざかっていった。

しばらく行き、ようやく立ち止まり、後ろを振り向くと、犬はもうこちらには興味を失ったようで、もとの位置で、くんくんと土のにおいを嗅いでいた。

『よかった』

ほっ、と胸を撫でおろしたわたし。

あのときからずっと、黒く大きな犬が、怖い。

猫は、かわいいのにな……（そういえば、前、猫の世界へ入って行く物語を、作ったことがある）。

あの、ちょこんとそろえて置いたお行儀のよい手。

本当は興味があるのに、知らん顔して、窓の外を見る。

でも、耳だけはピンと立てて、こちらの音や声を聞いている、あのしぐさ。

かわいいんだよね。

お話の中で、猫は、広いお寺のようなところに暮らしているのだけれど、でもほんとうは、誰もいないあばらや、空き家なのね。

でも猫たちはそこが自分たちの家だと思って、普通に暮らしている。


戸が、パタンと傾げたり、風が吹くと、窓がガタガタ揺れて、歩くとたたみがぎしぎしいう。だけど自分たちには、あたたかいすてきなお家なのだ。

雨漏りはするし、もそもそと虫が、たまに這い出してきたりして。

でも、そういうものは、全部遊び相手。

寒い日にはみなで毛糸玉みたいにまるまってくっついて、あたたかくして眠る。

雨粒がトタンからぽとんぽとんと落ちるのを見たり、雪をつかまえたり、風の日には舞う葉を追いかける。

周り全部がおもちゃ。

そんなふうなお話。

少し歩いたところで、転んでしまった。他ごとばかり考えているせいか、たまにそうなる。そういえば幼いころ母に、「あなたはいつも空ばかり見て歩いているから転ぶのよ」なんて言われたことがあった。

「だって、広ーくって、きれいで、見ていると気持ちが良いんだもの」とつぶやく。

運河の近くにあった空き地には、新しい白い壁の家が建っていた。

前はたくさん落ちていた、木の切れ端。

たまに、拾いに行って、遊びに使ったのだけれど、もうどこにもない。

整えられた庭のある家のみだ。

他のところもそうだった。

以前は、すーっと抜けた広い空き地や、草原があちこちにあったのだけれど、今は、そのあたり一帯、閑静な住宅街になっていた。

野原や空き地、畑。

田んぼの前の、古い木でできた小さな家の駄菓子屋さん。お小遣いを握りしめ、みんなが通った。

くじや、こまごまとしたかわいらしいお菓子、紙でできた飛行機、駒。大好きだった紙の風船。ふうっと膨らませて、ほうり投げ、ゆっくりと落ちてくるところを手で打つ。するとまた上へ。でもやさしくしないと、割れてしまう。強すぎて、バンッと割れたときの、あのがっかりした気持ち。べたべたになって食べる、甘くおいしい水飴。ジャムを塗って食べる、ウエハースのおやつ。

その店の横に咲いていた矢車草。濃い青色に魅せられて、風に揺られるその様子がとても美しくて、わたしも、花と同じように風に吹かれながら、見つめていた。

いつも見ていた、美しい景色。


当時、表道路の横に細い川がチロチロと音を立てて流れていた。

ある日、学校に行くと、男の子たちが、

「昨日、蛇を見たんだよ！　大きいやつだった。夕方、薄暗くなってからだよ。二つ光るものがあったものだから、なんだろうと見に行くと、蛇だったんだ‼」

と、話していた。

『ふうん』

近くでそれを聞いていたわたし。

『おもしろそうだから、あとから行ってみよう』

学校が終わり、家に帰ってカバンを置くと、すぐに見に行った。

草むらに着くと、草たちがさらさらと風で鳴っていた。なにか隠れていそうな気配。

わたしは中に入っていった。

『噛まれたらどうしよう』
と、少し思ったけれど、
『すぐ逃げればいいもの』
がさがさとかき分けて進む。
あちこち見たけれど、蛇はいない。
『せっかく来たのにな』
と、しばらく草むらを探したけれど見つからず、がっかりして家に帰った。
遠くに、細い道路があり、車が数台、流れていた。
私の今立っているこの、川の場所と道路は、別の世界みたいだ。

休みの日には、弟は近くの友達と川に行ったりして遊んでいた。
ザリガニや他の小さな生物もいて、バケツいっぱいにして、ほくほく顔で帰ってきた。
夏休みなどは、まっ黒になって夜まで思いっきり遊んでいた。

わたしは別の場所で遊んでいた。

図書館で本を読み、絵を描き、『不思議な世界の住人』という本で見た「草の中の小さな人」を探したりして。

一人で、いつも話しかけていた。

花や草に潜んでいるかもしれない、まだ会ったことのない不思議な人たちに。

まず、あたりを見回して、誰もいないのを確かめると（だって、もし見つかると、変な子だと思われるもの）、

「わたしがあちらを向いているうちに出てきてね。誰にも言わないから」

と、話しかける。そして、ほんとうにあちらを向いて（でも目の端で見えるようにそっぽ向いて）、じーっと待つのだ。

でも、不思議な住人たちは、恥ずかしがりなのか、まだ一度も出てきてくれたことはない。

『いつか現れてね』

そう思っていた。

いくつもある手つかずの空き地には、たいてい、そこへ行けば誰かがいる。そこに行けばなにかがある。

そのときそこにいる誰かや、なにかと、一緒に遊んだ。

誰もいない、なにもないとしても、自分の心と遊んだ。

行くたびにいろいろな発見があり、新しく知ることができ、怪我をしたとしても、それでも、とてもおもしろかった。

一番よく行く空き地に、あるとき、土管が置いてあったことがあった。

そのとき、そこにいた子たちと中に入って、転がって遊んだ。

上が下になり、下が上になり、もうわけがわからなくて、ごろんごろんと、ころげ回っておもしろかった。

少し手の指がはみだしたために、わたしの右手の中指は土管にひかれ、赤紫色のアザになってしまった。

でもそのことを誰にも言わず黙っていた。だってみんな、せっかく楽しく遊んでいるのだもの。

それに、アザはいつか治るもの。少し痛いけれど、こんなものは我慢すればいい。

次の日に行くと、土管は一つもなくなっていて、代わりに、醬油の瓶をたくさん入れるプラスチックのケースのようなものが置かれていた。

わたしたちはそれを四角に積んだ。

そして体を折り曲げるようにして、ひと箱に一人ずつ中へ入り込み、

「マンション！」

少し窮屈だったけれど、キャラメルの箱の中みたいで、ぎゅうぎゅう詰めで、すごくおもしろかった。

いつも、その日そのときに置いてあるもので遊んだ。

その日、そのときに、そこにいる子たちと。

草原では、落とし穴や罠を作ったり、草や土の中に隠れている虫や小動物を追いかけて遊んだ。

雨が降ってもすぐには家に帰らず、両側にある背の高い草を結んでトンネルのようにし、上に大きな葉を乗せて中に入り、雨宿り。

そこから見た雨はとても美しく、

『なんてきれいなの』

と、うっとりと見惚れていた。

春夏秋冬、季節はどのときも美しく、わたしは大好きだった。


そんなことを思い出しながら、今ここにいる。

空き地のあった、あの、きらきらと輝く魅力的だった場所。

でもそこはまったく変わってしまっていた。

閑静な住宅街。

空き地などどこにもない。

木も草も、きちんと整えられたものばかり。

草原や小さな動物たちは、いったいどこに行ってしまったのか。

少し行くとお店もあり、食べるところもなんでもあり、ずいぶんと便利な整えられた場所になったのだ。

『だけどおもしろくもなんともないな』


それに子供が一人も外に出ていない。

みんな、どのようにして遊んでいるのかな?

虫捕りはしないのかしら?


昔、母について行った、植木の奥にある、緑色の屋根で、木でできたドアを開けて中に入ると不思議な置物が置いてある、レトロな歯医者さん。

服や、台所用品、日曜大工品、大きな壺などを売っている、雑貨屋が軒を連ねていた通り。

お小遣いをポケットに入れて、いつも子供たちが（お小遣いを持っていない子も）集まっていた、駄菓子屋さん。

お菓子も玩具も、皆キラキラと輝いて見えて、お小遣いを持っていない子も、見ているだけで楽しく遊ぶことができた。

みんな、どこへ行ってしまったのか。


大きな道から、少し入ってみる。

この細い路地を曲がったところを少し行くと、以前、暮らしていた家があるはずなのだ。

でも、たぶん取り壊されて、もうないだろう。


少し暗くなってきたので見上げると、薄い雲が空一面を覆っていた。

雨が降ってくるかもしれない。

『傘、持ってこなかったな』

そう思っていると、

ぽつんぽつん……

と、雨が降りはじめた。やがて、

さ——っ

と、音を立てて降ってきた。

近くの古い木でできた家の軒下に入って、少し待った。

しばらくすると、雨は細かい霧のようになってきて、景色全体を包み込んでいる。

『きれいだなあ』

ふと、周りを見ると、木の塀が連なっていて、古い昔ながらの造りの日本の家屋がある。

そのあたりは、幼いころの様子が残っていた。いや、残っているどころか、そのままだった。

『あれ？　どこも閑静な住宅街になっていると思ったのに。そうではない、前のままのところもあるのだ』

そう思った。なんだかうれしかった。

木の電信柱があり、剥げたペンキの塀の中側には植木があって、石畳の通路を行くと奥には玄関がひっそりとある。

そんな家々が連なっていた。

わたしが小さなころ見た景色そのままだった。

急な雨の日、傘を貸してくださった家もある。

「またここに来たときでいいですから。玄関のここのあたりに置いておいてくださいね。声かけてくださらなくてもいいですよ」

親切なその人はそう言われ、傘を貸してくださったのだ。

雨が止むと、乾かし、たたんで、すぐに返しに行った。

玄関のところに『ありがとうございました』と手紙を添えて、そっと置いた。

小さな工場の横の家に。

しばらく、昔の姿そのままの古い家の軒下の様子を見ていると、霧の雨が小降りになってきたのでこのまま歩いて行こうと思った。

すっと足を一歩踏み出すと、雨はまるであたっていないような、ほんの少しだけ湿った風のような、霧が消える寸前のようなものだった。

「しっとりして、ちょうど気持ちがいい」

目を閉じ、少し上向きになった。

瞼にひんやりあたる、水分を含んだ空気。

なんとなく幸せな気持ちになり、前を向いてそのまま歩いた。

しばらく歩いて左に曲がり、家に続く細い路地に入る前に、左手に洗濯物屋があったはずだった。

『あ、まだある。ずっとやっていたのだ』

また、うれしくなって、お店を横目で見ながら角を曲がった。

そして小さな神社の鳥居の前を通った。ここはよく母に連れられて弟も一緒に散歩に来たところだった。

虫や生き物の大好きな弟は、どこに行くにもいつもタモを持っていった。虫を捕まえると、首にぶら下げた小さな虫かごに真剣な顔で入れていた。


そしてゆみちゃんの家。

涼しげな細い木組みの玄関扉のところに風鈴が鳴っている。透明なガラスの玉に金魚の絵。

「ちりん」

そういえば、ゆみちゃんのお母さんが、おやつに大きなおにぎりを握ってくれたことがあった。

ゆみちゃんは、ぱくぱくと一気にたいらげてしまった。

あのとき、わたしはとても困ったのだ。

小食だったので自分は全部食べることができないのがわかっていたから。

でも、せっかくにこにこと作ってくれたおにぎりを残すのはとても申し訳なくて、がんばって一口一口食べていると、ゆみちゃんのお母さんは笑いながら、

「はい、もういいからね」

そう言って受け取ってくれた。食べかけの、しかも少ししか食べていないおにぎりを。

明るく美しい人だった。

『「ごめんなさい」と「ありがとう」を言えばよかったな』

わたしはそう思いながら、歩いた。

その少し先にある空き地。

ここにはたまに紙芝居が来たのだ。

紙芝居の小さな手作りの劇場をリヤカーみたいなのに乗せて、その人はやってくる。

そしておもむろに店を広げる。

小さな子たちが、あちらこちらからわらわら集まってくる。

わたしも家にいるとき、友達が呼びに来てくれた。

「ゆきちゃん、紙芝居が来てるよ。見に行こ」

急いで行くと、空き地ではもう始まっている。

水彩で描かれた紙芝居の絵。

「お金を払った子だけ、おやつがもらえるの」

そう言って友達はポケットから小銭を取り出すと、

「はい」

と、紙芝居屋さんに渡した。

すると紙芝居屋さんは、それを小さな布の袋に、チャリン、と入れた。

そして、台の上に置いてあった箱の中から、ウエハースを一枚取り出して、ジャムを薄く塗り、友達に渡した。

友達はそれを受け取ると、にっこりし、こちらのほうまで持ってきて、

「はい、食べよう」

そう言いながら、上手に半分に割って、わたしにくれた。

甘いイチゴの味が口の中に広がった。とってもおいしかった。

わたしのポケットには、透明な石や、木の実、草の中から見つけた小さな丸い赤や紫の実、角が取れて、すべすべになったガラス、そういうのばかりが入っていて、お金は入っていなかった。

お金はあまり必要ではなかった。


「また、こんなものばかり拾ってきて」

そういつも母に叱られた。

そして、ポケットの中から全部出して、捨てられてしまった。

男の子が見つけてきて、わたしにも分けてくれた蛇の抜け殻も大好きだったのだけれど。机の中に隠しておいても、いつも知らない間になくなっていた。

机の中は、勉強の用具だけで、あとはなにも入れずに、きれいにしておかなければいけないのだ。

でも、捨てられたとき、いつも思った。

『だって、おもしろいんだもの。またもっといいの拾ってくるからいいもん』

そんなふうなものだから、どこからともなくやってくる不思議な紙芝居屋さんの劇を、ただいつも見ていただけだった。

そのとき、お金を渡すものだということを友達に言われて初めて知った。

そして、ジャムを塗ったおやつは、待っている間も楽しくて、わくわくして、食べてとてもおいしかったことも、初めての体験だった。

『たまに広場に来て、紙芝居を見せてくれる親切な人』

ただ、そう思っていただけだったから、新鮮だった。

友達はわたしよりもいろいろなこと――世の中の仕組みや、そんなふうなことをよく知っていた。

わたしは、あまり知らなかった。

たぶん、無頓着だったのかも。

遊び方や、視点と言うか、ものを見る角度が彼女と違っていたのではないかな。

物心ついたときからずっと、わたしは不思議なものが好きだった。

変わった現象や、出会ったこともない人やものたちに会いたかった。

だからいつも探していた、一人で。


少し行くと、今度はあっちゃんの家があった。

あっちゃんは、わたしのことをとてもかわいがってくれた上級生の女の子だ。

当時一年生になったばかりのわたしのことを、五年生のあっちゃんは、いつもいつも迎えに来てくれて、わたしが具合の悪いときなどは、学校までカバンを持ってくれた。

「だいじょうぶ？　苦しくない？」

こくんとうなずくわたし。

腰をかがめてわたしの目の高さになり、そう何度も問いかけながら、ゆっくり歩いてくれた。

はぎれで、きれいなリボンも作ってくれた。

友達とケンカをしたとき、たとえわたしが悪かったとしても、

「いいの、いいの。そんなふうに言わないの。ゆきちゃんは悪くないの」

と、いつもかばってくれた。

あとから、

「ゆきちゃんばっかり」

と友達に言われたけれど、あっちゃんがいるから、わたしは平気だった。

やさしい、大好きだった、色の白い黒い瞳の美しいお姉さん——あっちゃん。

『わたし、「ありがとう」って言っていない。言えばよかった』

そう、後悔しながら、歩く。

角の家を曲がると、

「あ‼」

少し小高くなっている道の片側に、黒い木の塀が続いている、その先の家。

そう、それはわたしの住んでいた家だった。

ここで、うんと小さなとき、保育園に入る前から小学校の一年生くらいの間まで過ごした。

やがて父が亡くなり、母方の祖母の家に越していったのだ。

当時の垣根は今のようにきちんとしていなくて、ところどころ壊れていたのだけれど、そのままにしてあった。

自分の家の裏から、あるいは家と家の間の隙間から、するりと抜けて隣の家、そのまた隣の家へと、どこまでも続く無限の遊び場だった。

わたしの家の隣の人は、

「ものを書いているお仕事なの」

と母が言っていたことがある。

幼い頃、ふっと『どんなかな?』と見に行ったことがある。

きれいに整えられた植木や庭の木。

けれど小さな子には、どの木も高すぎて、迷子になってしまった。

「どっち行けばいいのかな?」

と、きょろきょろしていると、

「くすくす」

「こっちだよ」

笑いながら声がして、そこの家のお兄さんたち二人が助けてくれたことがある。

その後、ひと夏、その子たちに遊んでもらった。

『まだいるのかしら』

外から少し見てみたけれど、しんとしている。

人影もない。

『また、「ゆきちゃん」って言ってほしかったのにな』

少しがっかり。

向きを変えようとしたら、

「クスクス」

笑い声が聞こえた気がした。

眼の横のほうで白いシャツがちらっと見えたように思い、振り向くと、庭の木の葉が揺れていた。

なんだか誰かが通ったみたいな揺れ方だった。一瞬、

「お兄さんたち！」

と思ったけれど、誰もいない。

きょろきょろと見渡したけれど、お兄さんの姿はどこにもない。

『出かけているのかしら。それとも家の中にいるのかもしれない』

そんな気がした。


その家の向かいは、つつじのある庭だった。

『また、咲いているかしら。あの真っ白な一面のつつじ』

そう思いながら見てみたけれど、こんもりとした植木や庭の木に囲まれて、よくわからなかった。

でも、ほんのり、白い湿った花びらのにおいが風に運ばれてきた気がした。

『きっと、咲いているに違いない』

朝起きて、弟と散歩しているときに見つけた、一面のつつじの庭。

「うわぁぁ、きれ――い」

弟と二人、顔を見合わせ、

「摘もう！」

指先で、花の部分だけ、ちょん、ちょん、ちょん、と、たくさん摘んで、家から持ってきた布きれにくるんで、帰った。

それを舞わせて遊んだ。

「花ふぶきー」

楽しく遊んでいると、母がやってきた。

「どうしたの？　これ」

前の家の庭から摘んできたのだと言うと、母に叱られてしまった。

「人のお家の庭から摘んではいけません」

そのあと、謝りに行ったのだった。

『だって、きれいだったのだもん』

そう思いながら、少し口をとがらせ、自分の住んでいた家のほうを向いた。


その住んでいた家の裏には、広い庭があり、物置があり、父が母と二人で楽しそうに作った花壇もあった。

ほんとうはそんなに広くなかったのかもしれない。

だけど、小さなわたしの背丈には、どこまでも続く、草地、花壇、木々――。

探検のできる広い広い遊び場だった。


そして、庭の奥にある木には、父が作ってくれた、少し傾いて乗りにくいけれど、すてきな大好きなブランコがあるのだ。
まだあるかしらと思いながら、戸が開けてあったので、中から裏を見ると——。
ある、ある。
花壇もブランコも。
『少し乗ってみたいな。いいかな？　だめって言われるかも』
わたしは戸口のところで声をかけた。
「ごめんください」
しーんとして返事がない。
「ごめんください。あのぅ」
返事がない。
肩に霧の雨がひんやりあたる。
少し待ったけれど誰もいないみたいなので、わたしは片方の足を土間に入れてみた。

『しつれいします…』

心で言った。

『家の人に聞かれたらどうしよう、誰か出てきたらどうしよう、なんて答えよう、出てこないといいなあ』

そう思いながら、そっと中に入った。


裏からひんやり涼しい風が、すーっと入ってくる。わたしを包み込み、服をはためかせ、通り過ぎていった。

ふと、振り返り、今来た道のほうを見てみた。

すると、変わってしまった閑静な住宅街が遠くに見えるはずなのに、そこにはそういったものはなにもなく、薄い霧の雨のヴェールの向こうに、古い家並みが、どこまでもどこまでも続いていた。

木の電信柱、角の駄菓子屋さん。

その手前では、いつもピアノの音がする――友達がひいているのだ――細く高い木の家。

家々の間には、ところどころに空き地があり、花や草がたくさん生えていて、なにか変わったものが潜んでいそうで、魅力的にキラキラしていた。

そう、それはとても自然なこと。

変化したものがあったと思ったのだけれど、でも実はそうではなくて、さりげなさ過ぎて、ただ気がつかなかっただけなのだ。

最初から、ただそこにそうしてあったのだ、ずっと。


古い木の家並み、剥げた紅い鳥居のある神社、幼子には草原に見える空き地、白いつつじの園、チロチロと流れるホタルのいるはずの川、小さな住人が隠れているに違いない原っぱ。

心の中にずっと流れている、その様子、風景。

自分の心は、そういうものでできている。

わたしは、心も眼も穏やかになり、またもとのほうに向きなおった。

玄関から土間を通り、右横の流しを見ながら歩いていき、裏口に着いた。

そして中庭に一歩踏み出た。

すると、

そこはあのころ、そのままだった。

『今住んでいる人が、そのままにしておいてくれたのだ。なぜかわからないけれど。すてきだからなのかな？　だって一所懸命作った花壇だもの。父と母が二人で。それにすてきなブランコも』

そう思い、うれしくて、横にある少し傾いたブランコのほうに近づいた。

あのとき、なかなか座る板をまっすぐにすることができなかったんだよね。難しいんだよね、これって。

乗りづらかったけれど、でもすごくうれしかった。

この、木と木の間にロープでくくりつけたブランコ。父と母が一所懸命作ってくれたのだもの。

「うーん、難しいなあ。なかなかまっすぐにならないね。こうしたらどうかな？

あ、だめだ。うーん、ちょっともう少し待ってね」

そう言いながら、父は一所懸命、木の板をロープにくくりつけてくれた。

その横で、母も手伝っている。

ようやくなんとか出来上がり、

「よし、できた！

さあ、乗ってごらん」

父が弟に言った。

「うん！」

弟はうれしそうに飛びついた。

なかなかうまく乗れないけれど、三人とも楽しそうだった。

わたしも早く乗りたくて、それに早くしないと、もうすぐみんな、家の中に入ってしまう。そう思ったから、

「わたしにも代わって」

半ば無理やり、ブランコに乗った。

押し出された弟は、少し飽きたこともあり、家の中に入ってしまった。

「ほらほら、小さい子の取らないの」

叱られた。

父母も弟を追うように家の中に入ってしまった。

一人とり残されて乗ったブランコは、急に楽しくなくなってしまい、わたしもすぐに降りて、とことこと家に入った。

『でも、このブランコは大好き。だってお父さんが一所懸命作ってくれたのだもの』

向こう側に物置があり、草をかき分けて進んだ。

物置の鍵が開いていたので、古い戸をガタガタ言わせて開けて、中に入ろうとしているとき、

「カタン」


音がした。わたしは物置に入ろうとしていた足を止めて、家のほうを見た。

戸口に人が立っている。


「あ！」


母だ。

着物姿に割烹着を着けて、微笑んでこちらを見ている。

「来ていたの？」

あのときのままの笑顔、やわらかいその様子。


「どうかしたのか」

奥のほうから声がして、着物を着て出てきたその人は、父だ。

わたしのほうを見ると、

「ああ、来ていたのか」

と、静かな瞳でやさしく微笑んだ。

「今日は学校が休みでね」

父は高等学校の教師だった。

「今、花壇の直しをしていたんだ。少し広げようと思ってね」


「松葉ボタン、植えるの？」

わたしが聞くと、

「うん、そうだよ。縁《フチ》のところにね」

父は笑った。

ほんとうはわたしはその花があまり好きではなかった。なんだか、もそもそしていて、あまりかわいくないもの。

『どうして、松葉ボタンばかり植えるのかなあ。もっときれいなのを植えればいいのに』

いつもそう思いながら、父母が花壇の手入れをしているとき、緑の松葉ボタンの花を見ていた。

なんの変哲もない平凡な形の花だった。

葉っぱは厚みがありやわらかく、手でつぶすと中からゼリーみたいなのが出てきた。

意外とおもしろいことに気がつき、父母にないしょで、いつもぷにゅっとつぶして遊んだ。

そういうところは好きだった。

父母は毎年二人で、花壇の縁のところにきれいに並べて松葉ボタンを植えたあと、内側に、いろいろな季節の美しい花を植える。

『今度は、どんなのを植えるのかな?』

いつも楽しみだった。


「上がったら? 冷たく冷やした梨か桃むいてあげる。麦茶も冷えているし」

母がそう言うので、わたしはうなずいて、家の中に入った。

土間を通り、靴を脱いで上がろうとしたとき、中庭から涼しい風が吹いてきた。

草や木や花の、よいにおいがする。


居間に扇風機が置いてあり、薄い水色のリボンがつけてある。それが風に吹かれて涼しそうだった。

「こうすると涼しそうに見えるんだって、お父さんがつけたの」

母がうれしそうにそう言った。

涼しい風に吹かれながらお茶を飲んで、むいてくれた梨を食べた。
自然な甘さが冷たく喉を潤す。
母は台所に立ち、父は新聞を読みはじめる。

わたしは母の鏡台の前に行き、右端の引き出しを開ける。
すると、中からきれいな和紙の箱が出てきた。
「大切なものを入れる箱」だ。
わたしが作って母の日に贈った小さな「宝もの入れ」。
紙に美しい色で絵を描いて、袋状に糊付けをした封筒。
中に、手紙を入れたのだ。
『おかあさんへ。いつもありがとう』
幼い字で書いてある。
　あのとき母は、
「ありがとう」

と、とても喜んでくれたのだ。

こんなふうに箱に入れて、大切に取っておいてくれたのだ。

そばにある、小さい子用の椅子にちょっと座って、中をゆっくり見る。

雨は相変わらず降っている、霧のように。

宝の手紙と他にもいろいろ——母が毎年植える朝顔の押し花で作ったしおり、海へ行ったとき拾った白や薄紅、半透明の美しい貝殻を貼りつけた小さな入れ物。

鏡台の横に古いアルバムが置いてある。

それを出し、開ける。

家族で撮った写真が、きれいに貼られている。

母はいつも丁寧に、大切なものを扱うように、写真を貼るのだ。

わたしはいつもそばでそれを見ていた。

赤ちゃんのときの、おくるみの中のわたしの写真を見て、

「いもむしみたい」

と言ったことがある。

するとと母は微笑みながら、
「これはね、初めてうつ伏せになった、ちょうどその瞬間なの」
と言っていた。
そのときは、
『その瞬間をとらえたなんて、すごいな』
と、思ったけれど、でもきっと、今思えば、
ずっと見ていたのだ。
初めての小さな自分の子のことを。
だからその瞬間をとらえることができたのだ。
少し大きくなって、四人でどこかに出かけたときのものがあった。
母は、弟を抱っこしている。
他に、わたしが父に抱かれているのもある。
父はうれしそうに微笑んで、わたしを見つめている。

いつもそうだった。

弟は母が抱っこして、父はわたしを抱っこする。

「どうして?」

と聞いたら、

「だって弟のほうが小さいのだもの」

と答えた。

小さいから甘えん坊なのだって。

少しうらやましく思った。でも、父の抱っこは母よりも高く、遠くまで見えるので、その位置はとても好きだった。


気持ちのよい風に吹かれながら、中からいろいろ取り出して見ていると、母が夕ご飯の支度にかかりはじめたらしく、鰹節を削る「シュッシュッ」という音が聞こえてきた。

そういえば、朝も早くからそうだった。

早起きのわたしはいつもそれを見て育ったのだ。

母は、鰹節を削って、おいしいお味噌汁やお吸い物を作る。

そして一番最後の、手で持ちにくいところ（削りにくい部分、削り残し）を、

「はい」

と言ってわたしにくれるのだ。

このとき、たいていいつも弟はまだ寝ているので、わたしにだけくれたのだった。

小さなころ、それがとてもうれしかった。

他のものはなんでもいつも弟に取られてしまうのだけど、この鰹節の削り残し部分だけは、早起きのわたしのものだった。

それを受け取って口に放り込み、しばらくそのまま満足顔で部屋で朝ご飯を待つのが、朝の日課だった。

「はい」

母が削り節の小さな残りをわたしにくれた。

それを受け取り、口に放り込んで奥に行くと、こちらを見て微笑みながら、父は新聞を見ている。

外でラッパの音がする。

お豆腐屋さんだ。

いつも夕方になると、作りたてのふわふわ豆腐をリヤカーに乗せて、ひんやりさせて、売りに来るのだ。

母は、台所から器を持って玄関から外へ。

少し話し声がしたかと思うと、母が戻ってきた。

「おいしそうなお豆腐。あとから切って食べましょうね」

にこにことそう言った。

ひんやり冷たいできたてのお豆腐。

「今日はね、竿屋さんも来たの。だから買ったのね、洗濯物の竿。新しくなって、気持ちがよいのよ」

このあたりは、いろいろなものを売りにやってくる。

風鈴のような音を立てて、金魚屋さん。

自分の家の裏の畑で採れた、瓜にキュウリ、葉物、だいこん——たくさんの野菜を売る野菜屋さん。

自分で育てた花を売りに来る人も。

そんなとき、母は必ず買いに行く。花が好きなのだ。

そしてすぐに花瓶にさす。

保育園から帰ってきたら、奥の座敷の畳のところに、美しいゆりがさしてあったことがあった。

『ああ、花屋さんが来たのだ』

わたしはそう思いながら、保育園のカバンを置いて、てくんと座り扇風機にあたりながら、真っ白なゆりを見つめていたことがある。

いろいろ売りに来る物売り屋さんが、わたしは大好きだった。

なんだか楽しいもの。

庭に、霧のような雨が降っている。

綿あめを薄く裂いたような、淡いグレーの雲が空一面を覆っている。

その上には、太陽があるのだ。

それが、雲越しにぼんやりと照らしている。

夏は、こんなに暑いけれど、冬になると、あの太陽が雲の切れ間から顔をのぞかせるのが、とても待ち遠しくって仕方がない。

顔がほっこりあたたかくって。

保育園だったころ、いつも中庭で、顔をそちらのほうに向けて、じっと待っていた。

「あ、出てきた。お日さま、あたたかいなあ」

今日は、そんなに明るくなく、暗くもなく、ちょうどよいかげん。

きれいな色だ。

なにかやらなければならないことが、あったような気がするのだけれど、なんだったかな？

「でも、なんでも、いいや」

そんなふうに思える、この天気。

今日はこのまま家で過ごそう。

わたしは、開け放した窓から広い中庭を見た。

天気がいいのに、雨が降っている――ということは、

『狐の嫁入り』

ふと浮かんだ言葉。

「今日は狐の嫁入りかしらね」

台所から、母が言った。

決して見てはならない。
もしその場面に出くわしたとしても、声を発さず、木の後ろかどこかに隠れなさい。
それはとても神聖なものなのだから。
人が見てはいけないの。
小さなころから母に言われていたことだ。

ふと縁側の横のほうに、祖母が座っているのが見えた。
膝には着物がかけてあって、それを縫いながら、うつらうつらとしている。
祖母はたいていいつもそこに座っているのだ。
ときどき繕いものをしながら、うとうとする。おまんじゅうみたいにまあるくなって。

『ああ、ずっとそこにいたのね』

気持ちよさそうに、眠っている。

丸くお団子に結った髪と、着物姿。

祖母はいつもそんな格好なのだ。

縁側で、まあるくなって繕いものをしているのだ。

でもたまに、気持ちが向くと、物語を聞かせてくれる。

わたしの知らない、不思議なお話を。


「蚊帳を買ったの。薄い水色に近い青の。ゆきちゃん、蚊帳、好きでしょう。今日はその中で眠るといいわね」

にこにこしながら母が言う。

「ゆきちゃん、細いから、なにか栄養をつけてあげないと」

そう、ぶつぶつ言いながら台所でなにかいろいろ作ってくれている。

父が奥の座敷からこちらを見て、声をかけてきた。

「ああ、そうそう。先ほど、あっちゃんが絵本を届けに来てくれたよ。ほら、この台の上にあるでしょう。遊びに行ったときに忘れていったからって。今度会ったとき、お礼を言わないとね」

「はい」

わたしは返事をした。

あっちゃんもいるのだ。

『今度こそ「ありがとう」って言わないと』

そう思いながら、本を手に取った。

わたしは本が大好きだった。小さなころからずっと。

そして今も。

少し厚手のページをめくっていく。

水彩の、美しい海の中の絵が描かれている。

人魚の本だ。

美しい色合いの不思議なお話が好きだった。

そしてそれは今もそう。


母はいつも忙しそうにしている。

記憶にあるのは、たいてい後ろ姿だ。

着物に白い割烹着、頭にはきれいな色の日本手ぬぐいをふわりと巻いて、棚やタンスの上のほうを掃除したり、台所に立つ後ろ姿。

トントントンと包丁で刻み、鍋はコトコトと煮立っている。

白い湯気が出て、よいにおいがしてくる。

いつもよく動いている、やわらかい後ろ姿。

たまにだけれど、頭の被りものを取って、

「なにかきれいな本のページある?」

と言いながら、こちらに向かってきてくれる。

そんなときはすぐに出せるように、いつもわたしは用意している。一番すてきな、美しいお城のお姫様の載っているページを。

ときどき、母は時間をかけて丁寧に絵を描いてくれるのだ。

だからわたしは、いつでもすぐに出せるようにしておかないと。母の気が変わらないうちに手早くしないといけない。

特別な白いスケッチブックに一枚ずつ母の描いてくれた絵が、たまっていく。

わたしの宝物だ。

描いてくれる間中、すぐそばに座って、じっと見つめている。

丁寧に鉛筆が動き、色鉛筆できれいに色を塗り、仕上がるまで、じっと見ているのだ。

出来上がったら、

「ふう、できた。はい、ゆきちゃん」

と言って、渡してくれる。

わたしは大切に両手で受け取り、しばらく見つめて、そっと閉じ、机の一番奥にしまう。

父は、たまにお休みの日などに、気持ちが向くと、変わったお話を聞かせてくれる。

わたしと弟を呼んで、自分の前にちょこんと座らせ、遠い昔の物語や、異国の地の鬼の話や、聞いたこともない――たぶん創作なのだと思う――物語。

鬼が侍に指を切られ、それを取り返しに来る話は、とても怖かった。

『痛いだろうなあ。かわいそうに。なにも切らなくてもいいのに』

怖いのは刀を持ったお侍さん。

お話が始まると、いつもとてもうれしく、わくわくしながら、父の前に正座した。

父は穏やかな目でゆっくりと話してくれる。

物語が大好きなわたしは、いつも夢中になって真剣に聞いた。

そして、父はよくみんなをいろいろなところに連れていってくれた。

わたしたちはいつも一緒に過ごしたのだ。


中庭に面した大きなガラス戸は、とろりと水飴を流したような表面で、少し飴色がかった色をしている。

そこから庭を見るのが好きだった。

雨の日も、風の日も、お天気のときも、雪、霧——そのどれもが美しく、いつもわたしは見惚れていた。


庭に、少しだけ薄日が差してきた。

霧の雨が上がりつつあるようだ。

造りかけの花壇から雨が水蒸気になって上がっていくように、揺らいだ感じがした。

「ごめんください」

玄関で声がする。

「はい」

母が出たようだ。

なにか楽しそうに話す声。

ああ、そうだ。あの声は、あっちゃん。呼びに来てくれたのだ。

やがて母が来て、

「ゆきちゃん、リボン忘れたでしょう。机の下に落ちていたって。せっかく、あっちゃんが作ってくれたのに。今ね、届けに来てくれたのよ」

わたしは、眠い眼をこすりながら、すっくと立ちあがると、玄関へ行く。

入り口のところで、あっちゃんが、色白の目鼻立ちのはっきりした美しいお顔で、にこにこしながらこちらを見ている。

「ゆきちゃん、はい」

手にはかわいい花柄のリボン。

わたしはすぐそばまで行き、受け取る。
「ありがとう」
「うん、また明日ね。呼びに来るからね」
そう言って、ばいばいと手を振りながら、あっちゃんは帰っていった。
でも、あれ？
なんか変だな。小学生のあっちゃん。あっちゃんがわたしより大きいの？
わたしは大きくなって、大人になったのではなかったかしら。
五年生のあっちゃんのこと、追い越したのではなかったかしら。
それなのに、今わたしは、あっちゃんのことを見上げていた。
わたしは大きくなったのだから、あっちゃんのほうが小さいはずなのに。
ふと自分の手を見る。
すると、小さな自分の手。
六歳か七歳くらいの子の。
その手に、リボンがちょんと乗っている。

後ろで母の声がする。

「ご飯できたから、手を洗ってね。そうだ、あの子のことも起こさないと。今日はたくさん外で遊んで疲れたものだから、お昼食べてから、すぐに寝てしまって、そのままずっと眠っているの」

そう言い、奥の部屋に起こしに行った。

やがて、弟がねぼけまなこで、目をこすりながら起きてきた。ひざこぞうにすり傷つけて、

わたしの小さな弟。

まだ保育園のやんちゃな子。

わたしは手を洗い、みんなが待つ、食卓についた。

父も母も祖母も弟も、もう先に座っている。

テーブルにはおいしそうな煮物や、鶏肉、サラダ、ご飯、くだものが並んでいる。

みんなで、

「いただきます」

ぱくぱくと食べた。

今日あったことや、いろいろなことをみんなで話し合いながら、楽しく過ごす食卓。


夜中、ふと目を覚まし、外の音を聞いている。

中庭を青く青く、包んでいく霧のような雨。

音がないのに、まるであるみたいな、そんな感じのする、霧の雨の音。

ふとんの中で考える。

『わたしの家。ああ、そうだ。わたしはここでずっとこうしていたのだった。ここを出て、何年も何年も経って、大きく、大人になって、ある日、ふっと懐かしくなり帰ってきたのではなくて、最初からここにいたのだった。ずっとこうして。そしてそれは、今も、これから先も、ずっとそうなのだ』

ふとんから半身起き上がり、右を見ると父が眠っている。

美術と本が好きで、買ったばかりの本棚を見て、

「これをいっぱいにするのだ」

と、うれしそうに話していた。

左には母。いつもずっと動いていて、掃除をしたり、朝早くから釜でご飯を炊いたり、洗濯物を干す後ろ姿が思い浮かばれる。

母の向こうに、一つ下の弟がいる。

やんちゃでいつも困らせてばかり。

虫が好きで、生き物が大好きで。

浜で捕ってきたやどかりをじっと見ていて、

「今だ！」

殻の中からやどかりを引っ張り出したり、蟻の観察を一日中したり、どこへ行くにもタモを常に持って、草原に入っていく。

一度入るとなかなか出てこないので、こちらとしては、

『あ、やだなあ、もう』

と思って、なるべく草むらのないところを通ろうとするのだけれど、弟はいつも見つけてしまう。なにか潜んでいそうなところを。

特別なアンテナでもあるのかしら。

でも、そんなふうに思いっきり遊ぶものだから、夜はぐっすり眠る。一度寝たら朝まで起きないのだ。

そんな弟のことを、なかなか眠れず、夜ヒマなわたしは、ときどき頬をつまんで、いたずらして遊んだ。

やわらかくて、おまんじゅうみたいで、おもしろかった。

だけど寝顔がかわいい。

だから、そっとつまんだ。痛くないように。

別の部屋には祖母。いつも縁側に座っていて、でもたまに不思議なお話を聞かせてくれる。

そんなとき、とってもうれしかった。

中庭に続く障子に目をやると、今は開けてある。

細い木の廊下の向こうに、青い雨と夜の景色が見える。


部屋の中では、みんな、すやすやと眠っている。


ふと、自分の手を見ると、昨日の夜つけた傷があった。

昨日の夜は眠れなくて、夜中にごそごそ起き出して、絵本を読んだり、月を見たり。

そして絵を描きたくなり、使いたかった色鉛筆が、丸くなっていたものだから、刃物で削っているうちに、手を切ってしまったのだった。

『いつの間に？　どこを切ったのかな？』

と、血だらけの手を見つめていたら、母が起きてきて、

「なにをやっているの？　こんな夜中に起きて遊んだりしてはいけません」

叱られたのだった。

刃物は没収され、高い棚の上に置かれた。手はきれいに洗って拭いて、薬をつけてもらった。

小さな手に。

わたしはまた、もとのふとんの中に戻された。ほんとうは、

『どうせ眠れないのだから、もっと遊んでいてもいいのに』

と、思ったけれど、また叱られるといけないから、仕方なく目を閉じたのだった。

そんなふうにしてついたこの傷。

わたしはまだこんなに小さくて、手ももみじだし、遊びたい盛りなの。

中庭や、そこから連なる隣の家の庭に探検に行ったり、弟に隠れて一人で草原に遊びに行ったりしたいの。

「ねえ、どうして一人で行っちゃうの？　僕も一緒に連れていって」

弟は怒ってすぐに母に言いつけるけれど。
でもわたしだって一人の時間が必要なのだ。
だからなるべく、そうっと出ていく。
庭に来る野鳥を見るのも好きだ。
草の中には必ずなにかいるし。
明日も遊ぼう、一人で。
でもやはり弟も誘ってあげようかな。
そして二人で遊ぶのだ。

もうじきお休みの日が来れば、父母が、きっとどこかに連れていってくれる。
どこへ行くのかな?　楽しみだな。
このあいだの日曜日は、隣の市の川だった。
大きく、ごぅごぅと流れていて、桜の木が川沿いにずっと生えていた。
岩場の上方にはお城があった。

わたしは岩につかまりながら、小さな入り江になっているところを入っていった。

そこは、水たまりのようになっていて、流れていないのだ。

母に縫ってもらったアネモネの花模様のワンピースを、『ぬれたらいやだなあ。せっかくこんなにきれいなの作ってくれたのだもの』と、裾の先を少し指でつまんで、気をつけて水に入っていった。

暑い日だったけれど、川の水は冷たくて、足が浸かっただけだけれど、体中がひんやりとして、とてもここちよかった。

すべすべのきれいな石を拾って、バッグに入れ、お土産にした。

どこにも行かなかったとしても、みんなで過ごせるお休みの日は、ここちよくゆったりと時間が過ぎていく。

大好きなときだ。

夜明け前、薄い霧の雨のヴェールの向こう側を見ながら、夢でもなくうつつでもなく、ちょうどその境目あたり。
あれ？　ここの景色は変わっていたのではなかったかしら？
閑静な住宅街になっていたような気がしたけれど。
ううん、そんなことはない。
庭の向こうは、柵のところが少し壊れていて、隣の家に行くことができ、その
また隣へも探検に行けるのだ。
隣の家には、夏になると、少し大きいお兄さんたちがいる。
その子たちにもわたしは何度も遊んでもらったことがある。
いつもいつも呼びに来てくれるのだ。
「ゆきちゃん」
と、麦わら帽子に白い上着、短いズボンに運動靴。
その子たちはわたしにいろいろなことを教えてくれる。
お兄さんたちと弟はたまにケンカをして、弟は泣くけれど、でも、わたしには

やさしい。

いつも下の子のめんどうばかり見ているわたしにとって、そのお兄さんたちはわたしのことをかばってくれるやさしいすてきな存在だ。

「今日はなにがあるかな?」

と、お兄さんが呼びに来てくれるのを毎日待っている。

遊びも新鮮でとても楽しく、彼らのこと、大好きだ。


そして、その向こうはどこまでも空き地や草原が続いていて――。

ほらね、やっぱりこれがほんとうなのだ。

もとのままだった。


まだ夜明け前、早すぎるもの。

母も父も弟も、祖母も別の部屋で、みんなすやすやと眠っている。

わたしももう少し眠ろうかな。

明日また遊ぶのだもの。

わたしは、
今まで、
長い長い夢を見ていたのだ。

著者プロフィール

高科 幸子（たかしな ゆきこ）

愛知県出身・在住　O型　やぎ座　家族4人。
好きなもの・こと：自然なもの、不思議な自然現象、ものごとの観察、創意工夫、美術全般、民族音楽鑑賞、鉱物・化石、変わったもの集め
〈著書〉『風の吹く日に』（2010年1月、東京図書出版会）
『遠い日の詩《うた》』（2011年10月、文芸社）
『本当に大切なのは愛すること』（2013年8月、日本文学館）
『絵のない大人の絵本』（2014年6月、日本文学館）
『真昼の夢・青いネモフィラ』（2015年12月、文芸社）

猫の回覧板

2016年8月15日　初版第1刷発行

著　者　高科 幸子
発行者　瓜谷 綱延
発行所　株式会社文芸社
〒160-0022　東京都新宿区新宿1－10－1
電話　03-5369-3060（代表）
03-5369-2299（販売）

印刷所　株式会社フクイン

ISBN978-4-286-17474-7